Es sitzt ein Vogel auf dem Leim

Es sitzt ein Vogel auf dem Leim
Rabenschwarze Gedichte

Herausgegeben
von
Anton G. Leitner

RECLAM
LEIPZIG

Im Gedenken an Heiner Link,
von einem aus der Nachbarschaft.

Im übrigen wissen wir, daß wir den Begriff ›Kunst‹ erst los werden müssen, um zur ›Kunst‹ zu gelangen.

Kurt Schwitters

MORD UND TOTSCHLAG

Dass man stürbe: haha!

Hartmut Kasper

JOACHIM RINGELNATZ

Der Komiker

Ein Komiker von erstem Rang
Ging eine Straße links entlang.
Die Leute sagten rings umher
Hindeutend: »Das ist der und der!«
Der Komiker fuhr aus der Haut
Nach Haus und würgte seine Braut.
Nicht etwa wie von ungefähr,
Nein ernst, als ob das komisch wär.

FRANK WEDEKIND

Der Tantenmörder

Ich hab' meine Tante geschlachtet,
Meine Tante war alt und schwach;
Ich hatte bei ihr übernachtet
Und grub in den Kisten-Kasten nach.

Da fand ich goldene Haufen,
Fand auch an Papieren gar viel
Und hörte die alte Tante schnaufen
Ohn Mitleid und Zartgefühl.

Was nutzt es, daß sie sich noch härme –
Nacht war es rings um mich her –
Ich stieß ihr den Dolch in die Därme,
Die Tante schnaufte nicht mehr.

Das Geld war schwer zu tragen,
Viel schwerer die Tante noch.
Ich faßte sie bebend am Kragen
Und stieß sie ins tiefe Kellerloch. –

Ich hab meine Tante geschlachtet,
Meine Tante war alt und schwach;
Ihr aber, o Richter, ihr trachtet
Meiner blühenden Jugend-Jugend nach.

UNBEKANNTER VERFASSER

Niedliches Mordchengeschichtchen

(Ein Romänchen à la Nippfigürchen)

Am Himmel schien das Möndchen so hell
ins Blumengärtchen herniederchen
auf Röschen, Tulpchen und Fliederchen.
Dort weilet traulich auf einsamer Stell'
Händchen in Händchen ein kosendes Pärchen,
ein wunderniedliches kleines Referendärchen
und sein noch viel niedlicheres Liebchen namens
Klärchen.
Sie schauen hinauf nach dem Firmamentchen
zu den funkelnden Sternchen und dem silbernen
Möndchen;
zu ihren Füßen murmelt ein niedliches Quellchen,
und auf den Bäumchen schlagen die Nachtigällchen.
Da nahet von fern ein Herrchen aus dem Städtchen,
so drollig, so rund und so graziös wie am Drähtchen,
ein ganz kleines, allerliebstes Geheimrätchen,
Konstitutionellerchen und Volksrepräsentäntchen
im ersten Kämmerchen vom Parlamentchen;
und wie es erschaut das liebende Pärchen,

ruft es empört: »Treuloses Klärchen!
so höhnst du meinem glühenden Herzchen?!
So spielst du mit meiner Liebe Schmerzchen?!«
Und er nimmt sein Federmesserchen, prüft das
Spitzchen und droht –
und – – sticht das Referendärchen ein kleines
bißchen tot.
Doch was geschieht im nächsten Sekündchen?
Klärchen reißt das Federmesserchen
geschwindchen
dem Geheimrätchen aus dem Händchen
und durchbohret drauf – o welches Lamentchen! –
erst ihn und dann sich selbst – ach Jeminum!
Das murmelnde Quellchen wurde stumm,
Sternchen und Möndchen gehen hinter die
Wölkchen hinum,
es schweigen der Nachtigällchen Liederchen,
drei Herzchen liegen gebrochen daniederchen.
Und das nächste Morgenrotchen
streuet Röschen auf die drei Totchen.
Wär's nicht geschehn – dann wären das
Referendärchen
und sein Klärchen bereits ein Pärchen!
Das kleine Geheimrätchen Ministerchen prächtig,

stolz, erhaben und großmächtig,
und das Referendärchen Assessorchen beim
Oberländchen-Gerichtchen.
Was gehen doch in der Liebe für schöne
Hoffnungen zunichtchen!

CHRISTIAN FRIEDRICH DANIEL SCHUBART

Schneiderlied

Als einst ein Schneider wandern soll,
Weint er und schrie er sehr:
O Mutter lebe ewig wohl
Mich siehst du nimmermehr!
Die Mutter weint entsetzlich
Das laß ich nicht geschehen
Du sollt mir nicht so plötzlich
Aus deiner Heimat gehen.

O Mutter, nein, ich muß von hier,
Ist das nicht jämmerlich!
Mein Büble, ich weiß Rath dafür,
Verstecken will ich dich.
In meinem Taubenschlag
Verberg ich dich mein Kind,
Bis deine Wandertag
Gesund verflossen sind.

Mein guter Schneider merkt sich dies
Und thut als gieng er fort,

Nahm traurig Abschied und verlies
Sich auf der Mutter Wortt.
Doch abends nach der Glocke
Stellt er sich wieder ein
Und kroch gleich einem Bocke
In Taubenschlag hinein.

Hier gieng er auf die Wanderschaft
Im Schlage auf und ab,
Und wartete, bis ihm zur Kraft
Die Mutter Nudeln gab.
Am Tag war er auf Reisen
Und ach! in finstrer Nacht,
Da hat er mit den Mäusen
Und Ratten manche Schlacht.

Einst hatte seine Schwester Streit
Nicht weit von seinem Haus
Er hört, wie seine Schwester schreit
Und guckt zum Schlag hinaus.
Mein Schneiderlein ergrimmte,
Macht eine Faust und droht:
»Wär' ich nicht in der Fremde,
Ich schlüge dich zu todt!«

HEINRICH HOFFMANN

Die Geschichte vom Daumen-Lutscher.

»Konrad«, sprach die Frau Mama,
»ich geh aus, und du bleibst da.
Sei hübsch ordentlich und fromm,
bis nach Haus ich wieder komm.
Und vor allem, Konrad, hör,
lutsche nicht am Daumen mehr;
denn der Schneider mit der Scher
kommt sonst ganz geschwind daher,
und die Daumen schneidet er
ab, als ob Papier es wär.«

Fort geht nun die Mutter und
wupp, den Daumen in den Mund!

Bauz, da geht die Türe auf,
und herein in schnellem Lauf
springt der Schneider in die Stub
zu dem Daumen-Lutscher-Bub.
Weh, jetzt geht es klipp und klapp
mit der Scher die Daumen ab,

mit der großen, scharfen Scher!
Hei, da schreit der Konrad sehr!

Als die Mutter kommt nach Haus,
sieht der Konrad traurig aus.
Ohne Daumen steht er dort,
die sind alle beide fort.

ANTON G. LEITNER

WIDER HALLO, DAS KIND schreit
Der Mutter die Mutter dem Vater
Das Kind schreit der Vater dem Kind
Aber das Kind schreit weiter Hallo
Papa Hallo Mama Hallo Hallo
Schreit der Papa zurück schreit
Die Mama Hallo aber Hallo schreit das
Kind Hallo Hallo ist ein Hall denkt der
Papa bin ich das Kind denkt das
Kind ich bin die Mama das Kind
Ist der Papa ißt die Mama das Kind
Mit Haut und Haaren knurrt der Magen
Schreit das Kind im Bauch wieder
Hallo Hallo aber Hall oh ich muß
Mal sagt die Mama gebären sagt
Das Kind und Papa schaut zu und
Seilt sich wieder ab am Nabel die
Schnur reißt das Kind kann schon
Schreien mein Gott es schreit
Wirklich Hallo Hallo schreit die
Schwester wieder zurück das Kind
Schreit.

ERNST JANDL

camping

    ein zelt
    ein messer
    drei leichen

ein kleiner junge
sucht

    den papa
    die mama
    und seinen bruder rudi

er erbt
alles

    ein zelt
    ein messer
    drei leichen

TIGER WILLI

Die Erbschaft

Die Anni hat sich umgebracht
und ihren Leichnam mir vermacht
Der sitzt im Sessel in meim Zimmer
Seitdem schmeckt mir mei Essn nimmer
Baby i love you

DURS GRÜNBEIN

Berlin. Ein Toter saß an dreizehn Wochen
Aufrecht vorm Fernseher, der lief, den Blick
Gebrochen. Im Fernsehn gab ein Fernsehkoch
Den guten Rat zum Kochen.
                    Verwesung und Gestank im Zimmer,
Hinter Gardinen blaues Flimmern, später
Die blanken Knochen.
                              Nichts
Sagten Nachbarn, die ihn scheu beäugten, denn
Sie alle dachten längst dasselbe: »Ich hab's
Gerochen.«
                    Ein Toter saß an dreizehn Wochen …
Es war ein fraglos schönes Ende.
                                   Jahrhundertwende.

GEORG QUERI

Zahnweh

Das vergeht schon, das Zahnweh, sagt der Bader Prechtl.
Da nimmst ein Maul voll ganz kaltes Wasser. Am besten ist das Wasser, das nach einem Gewitter aus dem Trauffaß geschöpft ist.
Nimmst also von dem ein Maul voll.
Dann nimmst einen Bund dürres Reisig und drei Arme voll Holz; einen Arm voll fichtenes, zwei Arme voll buchenes.
Nimmst also drei Arme voll Holz.
Dann schiebst die drei Arme voll in deinen Ofen.
Nimmst ein Schwefelhölzl und zündst das Holz an.
Heizt also deinen Ofen.
Dann legst nach und legst nach, bis die Herdplatten glüht.
Bis sie also glüht.
Dann tust die Hosen runter und legst sie auf die Bank.
Auf die Bank also.

Dann tust das Hemd runter und legst es auf die Bank zu der Hosen.
Das Hemd also zu der Hosen.
Und dann setzt dich auf die Herdplatten. Tust deine Joppe hoch heben, daß sie nit verbrennt.
Setzt dich also auf die Herdplatten.
Und jetzt wartst, bis das Wasser in deinem Maul anfangt zu sieden.
Wartst also.
Und wann dann das Wasser sied't, dann vergeht's Zahnweh.

H.C. ARTMANN

es war einmal ein mann,
der hatte einen zahn.
der zahn war ihm zu heiß,
drum legt er sich aufs eis,
das eis war ihm zu blau,
drum macht er es zur sau.
die sau war ihm zu fett,
drum nahm er sie ins bett.
das bett war ihm zu weich,
drum nahm er einen scheich.
der scheich war ihm zu wild,
drum malte er ein bild
und schoß darein ein loch
und brüllte: hände hoch!
und schoß ein zwotes mal
und stürmte aus dem saal.
es wälzte sich im blut
der zahn mit seinem hut.
das eis traf fast der schlag,
die sau schrie guten tag,

das bett schmolz ein wie blei,
der scheich gebar ein ei,
das bild in seiner qual
verschwand im schußkanal.
der lief dem mann durchs herz
als seis ein duft von nerz.

GOTTFRIED BENN

Kreislauf

Der einsame Backzahn einer Dirne,
die unbekannt verstorben war,
trug eine Goldplombe.
Die übrigen waren wie auf stille Verabredung
ausgegangen.
Den schlug der Leichendiener sich heraus,
versetzte ihn und ging für tanzen.
Denn, sagte er,
nur Erde solle zur Erde werden.

HELMUT KRAUSSER

Marie Jeanette Kelly

Der Pub Ten Bells
in Whitechapel, Fourier Street.
Hier sieht fast alles noch so aus,
wie 1753, als man ihn eröffnet hat.
Marie Jeanette Kelly gabelte im
Ten Bells ihre Freier auf. Ihr letzter
hieß oder nannte sich: Jack.
Am 9. November 1888.
Sie wurde 25 Jahre alt.
Gerichtsmediziner brauchten
sechs Stunden, um die Reste
ihres Körpers zusammenzukratzen
und aus dem Mansardenzimmer
zu schaffen, das sie sich hatte
leisten können weil sie noch
jung war und ganz gut verdiente.
Das einzige Foto, das von ihr
existiert, zeigt sie in unvorteilhaftem
Licht, da es erst nach dem
Mord geknipst wurde und der

Fotograf dabei gekotzt haben soll. Jack ging Ende November nach Polen zurück, bereute seine Taten, trat zum Katholizismus über und lebte als Bruder Jakob noch bis 1933 in einem Franziskanerkloster, wo er im Garten beschäftigt war. Darauf einen Dujardin.

CHRISTIAN HOFFMANN VON HOFFMANNSWALDAU

Poetische Grabschrift eines Lasterhafftigen.

Die Leber ist zu Wien / das Glied zu Rom geblieben/
Das Hertz in einer Schlacht / und das Gehirn im Lieben.
Doch daß der Leib nicht gantz verlohren möchte seyn/
So legte man den Rest hier unter diesen Stein.

HARTMUT KASPER

Dass man stürbe: haha!

Als Großvater zuletzt starb, vom Blitz getroffen
hoch auf dem Heuwagen,
kamen die Sargschnitzer durch unser Dorf
da orderten wir einen Sarg aus Pflaumenbaumholz.

In der Aura des ausgehobenen Erdreichs
fand der Toteninspektor
seinen Sarg leer, der trieb, der Faulgase wegen
leichter als Luft, über den Friedhof fort.
Der Inspektor rülpste getrost, stellte uns
eine Quittung aus, die schwarzen Kinder wieder
eingepackt, kommt
nach Hause, Opa lebt noch

und hatte sich gar vervielfältigt:
saß in seinem Ohrensessel und spielte
Mundharmonika;
stand zugleich am Ofen und dickte
Sauerbratensauce an;

reparierte zugleich unter der Treppe den Enkeln
mechanische Enten, ölte ihr Getriebe, schraubte
Federn ein aus Aluminium.

Dass man stürbe: haha!

Wenn der Winter fällt
glänzend wie Chrom alle Ebenen glatt
gestrichen die Laken in den Hospitälern, wir Greise
warten,
dass der warme Tod uns legt, ein schwarzes
Ei.

LIEBE UND ANDERE GRAUSAMKEITEN

Du fragst mich, Kind, was Liebe ist?
Ein Stern in einem Haufen Mist.

Heinrich Heine

WOLF BIERMANN

Oh, Hein, Oh, Hein

Refrain:
Oh, Hein, Oh, Hein
Du bist gemein
Du willst nur immer dasselbe
Nur immer, nur immer, nur immer, nur immer,
Nur immer vom Ei das Gelbe.

1.
Mein Hein is ein kleiner Matrose
Mein Hein is kein großes Licht
Er hat aber ’n Mast inne Hose
Ein Mast, der niemals bricht

2.
Sein Mast, der kippt nich nach Luv nach Lee
Der kippt nich nach Achtern und nich nach vorn
Hein segelt mit mir durch die stürmische See
In eine Nacht rum um Kap Hoorn.

HEINRICH HEINE

Ein Weib

Sie hatten sich beide so herzlich lieb,
Spitzbübin war sie, er war ein Dieb.
Wenn er Schelmenstreiche machte,
Sie warf sich aufs Bett und lachte.

Der Tag verging in Freud und Lust,
Des Nachts lag sie an seiner Brust.
Als man ins Gefängnis ihn brachte,
Sie stand am Fenster und lachte.

Er ließ ihr sagen: O komm zu mir,
Ich sehne mich so sehr nach dir,
Ich rufe nach dir, ich schmachte –
Sie schüttelt'das Haupt und lachte.

Um sechse des Morgens ward er gehenkt,
Um sieben ward er ins Grab gesenkt;
Sie aber schon um achte
Trank roten Wein und lachte.

FRANK WEDEKIND

Brigitte B.

Ein junges Mädchen kam nach Baden,
Brigitte B. war sie genannt,
Fand Stellung dort in einem Laden,
Wo sie gut angeschrieben stand.

Die Dame, schon ein wenig älter,
War dem Geschäfte zugetan,
Der Herr ein höherer Angestellter
Der königlichen Eisenbahn.

Die Dame sagt nun eines Tages,
Wie man zur Nacht gegessen hat:
»Nimm dies Paket, mein Kind, und trag es
Zu der Baronin vor der Stadt.«

Auf diesem Wege traf Brigitte
Jedoch ein Individium,
Das hat an sie nur eine Bitte,
Wenn nicht, dann bringe er sich um.

Brigitte, völlig unerfahren,
Gab sich ihm mehr aus Mitleid hin.
Drauf ging er fort mit ihren Waren
Und ließ sie in der Lage drin.

Sie konnt' es anfangs gar nicht fassen,
Dann lief sie heulend und gestand,
Daß sie sich hat verführen lassen,
Was die Madam begreiflich fand.

Daß aber dabei die Tournüre
Für die Baronin vor der Stadt
Gestohlen worden sei, das schnüre
Das Herz ihr ab, sie hab sie satt.

Brigitte warf sich vor ihr nieder,
Sie sei gewiß nicht mehr so dumm;
Den Abend aber schlief sie wieder
Bei ihrem Individium.

Und als die Herrschaft dann um Pfingsten
Ausflog mit dem Gesangverein,
Lud sie ihn ohne die geringsten
Bedenken abends zu sich ein.

Sofort ließ er sich alles zeigen,
Den Schreibtisch und den Kassenschrank,
Macht die Papiere sich zu eigen
Und zollt ihr nicht mal mehr den Dank.

Brigitte, als sie nun gesehen,
Was ihr Geliebter angericht',
Entwich auf unhörbaren Zehen
Dem Ehepaar aus dem Gesicht.

Vorgestern hat man sie gefangen,
Es läßt sich nicht erzählen, wo;
Dem Jüngling, der die Tat begangen,
Dem ging es gestern ebenso.

KLABUND

Grabschrift für eine Jungfrau

Hier ruht die Jungfrau Emma Puck aus
Hinterstallupeinen,
Eine Mutter hatte sie eine, einen Vater hatte sie
keinen.
In Unschuld erwuchs sie auf dem Land wie eine
Lilie.
Da kam sie in die Stadt zu einer Rechnungsrats-
familie.
Hier hat sich erst ihr wahres Herz gezeigt,
Indem sie gar nicht mehr zur Jungfrau hingeneigt.
Bald kam das erste Kind. Was half da alles
Greinen!
Männer hatte sie viel, aber einen Mann hatte sie
keinen.

JOHANN GROB

Auf einen Hochzeiter.

Weil deinem schönen lieb' ihr bäuchlein wil
geschwellen
So hast du hohe zeit ein' hochzeit anzustellen.

MASCHA KALÉKO

Rat für Mädchen

Euer Wort – es sei nicht Ja noch Nein,
Auch nicht Ent oder Weder.
Und blickt nur hold und hilflos drein,
Dann hilft gewöhnlich jeder.

Vom Hauskram haltet euch entfernt:
Laßt andre nähn und stricken.
Wer es nun einmal nicht gelernt,
Der braucht auch nicht zu flicken.

Wer dies beherzt, ihr Schönen, bleibt
Die ewige Marquise …
Wer unbelehrbar ist, der schreibt
Ratschläge nur, wie diese.

THEODOR FONTANE

Was kann ein jung Mädel, was soll ein jung Mädel?

Was kann ein jung Mädel, was soll ein jung
Mädel,
Was kann ihr, was kann soll ihr ein ältlicher
Mann?
Ich muß mich gedulden bei all seinen Gulden,
Womit er das Herz meiner *Mutter* gewann.

Nichts hat er wie Sorgen vom Abend zum Morgen,
Er hustet, daß ich nicht schlafen kann;
Halb taub seine Ohren, sein Blut wie gefroren,
Ach traurig die Nacht mit 'nem ältlichen Mann.

Er mängelt und brummelt, er quängelt und
mummelt,
Ich mach' ihm nichts recht, und dann fährt er mich
an,
Zu nichts ist er tüchtig, nur eifersüchtig
Ach ist er, weiß Gott, wie ein ältlicher Mann.

Meine Tanten und Paten, all ha'n mir geraten:
»Du mußt ihn mehr ärgern, den alten Tropf«;
Bei meiner Seelen, tot will ich ihn quälen
Und dann für den alten 'nen neuen Topf.

ADA CHRISTEN

Biedere Hausfrauen

Soll ich es nochmals wiederholen?
Ihr habt mich ja so oft gefragt,
Und tausendmal hab ich auf Ehre
Die volle Wahrheit euch gesagt. –
Ja, ich bewundre eure Tugend,
Und ich bewundre eure Kinder,
Bewundre eure magern Mägde,
Bewundre eure fetten Rinder;
Bewundre mehr noch eure Männer,
Bewundre eure kluge Stummheit,
Bewundre eure feine Wäsche –
Beneide euch um eure Dummheit.

GERHARD RÜHM

die brave hausfrau

die brave hausfrau tickt
die brave hausfrau tickt mit der uhr
die brave hausfrau ist dick
die brave hausfrau ist brav
die brave hausfrau tickt brav
die brave hausfrau hat eine uhr
die brave hausfrau tickt mit der uhr
die brave hausfrau tickt und
flickt und
tickt und flickt und
tickt und flickt und tickt und
flickt und tickt und flickt und tickt und
flickt und tickt und flickt und tickt und flickt und
tickt und flickt und tickt und flickt und tickt und
fickt
brav

JOHANN MICHAEL MOSCHEROSCH

Hörnermultiplikation

1 Wer ein Weib hat und nicht weiß,
Daß sie ihm tritt aus dem Gleis,
Solchem guten frommen Knecht
Ist bereits ein Horn gerecht.

2 Wer sich heimlich fast besorgt,
Daß sein Weib bei andern borgt;
Solchem argwöhnischen Mann,
Ein Paar Hörner stehn wohl an.

3 Wer es weiß und eifert nicht
Daß sein Weib die Treue bricht;
Solcher fromme gute Tropf,
Hat drei Hörner auf dem Kopf.

4 Wer sie noch behält dazu,
Daß sie andern Dienste tu;
Solcher hat zu seiner Zier,
Allbereits der Hörner vier.

Welcher aber sich verspricht,
Daß er deren Hörner nicht
Einiges habe; solcher hat
Fünf an aller viere statt.

GOTTFRIED KELLER

Ehescheidung

(Amerikanisch)

Zum Pfäffel kam ein Pärchen und schrie:
»Geschwind, und laßt uns frei'n!
Wir können keinen einzigen Tag
Mehr ohne einander sein!«

Und aber ein Jährlein kaum verstrich,
Sie liefen herbei und schrien:
»Herr Pfarrer, trennt und scheidet uns,
Laßt keine Stunde fliehn!«

Das Pfäfflein runzelte sich und sprach:
»Macht euch die Scham nicht rot?
Wir haben es alle drei gelobt,
Euch trenne nur der Tod!« –

»Rot macht die Scham, doch Reue blaß!
Herr Pfarrer, gebt uns frei!«
Der Mann bot einen Dollar dar,
Die Frau der Dollars zwei.

Da tat das Pfäffel zwischen sie
Ein Kätzlein, heil und ganz;
Der Mann der hielt es bei dem Kopf,
Die Frau hielt es am Schwanz.

Mit seinem Küchenmesser schnitt
Der Pfarr die Katz entzwei:
»Es trennt, es trennt, es trennt der Tod!«
Da waren sie wieder frei.

CHRISTOPHER ECKER

fünf freunde

alfons alfons pia alfons
alfons alfons gaby alfons
alfons pia gaby alfons
alfons pia norbert lothar
lothar alfons gaby pia
alfons alfons
alfons lothar
gaby pia
alfons lothar
lothar alfons lothar lothar
lothar lothar lothar lothar
lothar lothar ego lothar
starkes lothar gaby tränen
pia brustkrebs lothar lothar
lothar lothar
hier spricht alfons

In einem Anfall jäher Eifersucht, erlöst vom
Lebenswillen
Sprang in Chicago eine Frau am Neujahrsmorgen
Durchs Fenster ihres Penthouse-Schlafraums auf
die Straße,

Fast fünfzig Stockwerk tief.

Weil sie ihr Freund, im Fahrstuhl mit der besten
Freundin
Durch Zufall eingesperrt, allein, infolge Havarie,
Im Trubel einer Neujahrsnacht, wer weiß, betrunken

Betrogen ... hätte ... haben ... können, – gab sie auf

Am Ende eines langen Konjunktivs. Den
Psychologen
Galt sie als Opfer eines *raptus*. Ihre Freundin
Sah eine Mischung aus Gerücht und Tragik. Ihrem
Freund

Schien tödliche Grammatik hier am Werk. Die
Leiche

Fand sich genau vor einer Kreuzung, auf der
linken Fahrspur,
Wo wie die Fetzen eines Sprungtuchs, gut von
oben lesbar
Die Aufschrift ONLY stand.

BERTOLT BRECHT

Anna hält bei Paule Leichenwache

1

Paule war gestorben
Und Anna saß dabei
Und das ganze Leben war ihr verdorben
Durch diese verfluchte Schweinerei.

2

Natürlich wurde es auch noch dazu Nacht
Der Mond war auch nicht zu vermeiden
Anna hätte das nicht von Paule gedacht
Sie war immer die vertrauensselige von beiden.

3

Es hatte sich natürlich gerächt
Wie alles im Leben
Und Paule hatte es ihr gegeben
Das war wieder von Paule echt!

4

Natürlich konnte er jetzt wieder nichts dafür!
Aber für was hatte Paule je etwas gekonnt?
So einer lebt ja für sich hin wie ein Tier!
Was morgen war, das ging schon über seinen Horizont!

5

Jetzt verzog er sich hinter seiner Leichenstarre
Beim Sichdrücken, da hatte er immer Talent!
Arme Anna! Gegen Morgen, bei einer billigen Zigarre
Gab sie für ihr Leben nicht mehr einen Cent!

ARNE RAUTENBERG

kommt ein mann
die treppe rauf
klopft an bim bam
guten tag kleine
madam! atem flach
auge wach doch ach!
kommt ein mann
die treppe runter
stürzt kopfunter
bumm bam gab's
ein kleines melodram

ACHIM WAGNER

picasso portrait

blaues picasso portrait denke ich beim ersten blick
auf ihr gesicht & die annäherung scheu an ihren tisch
im café *darf ich mich zu ihnen setzen* einladende
geste ein bißchen stotternd die ersten sätze aber
bald löst sich meine zunge unter ihrem lächeln
geben sie mir doch ihre adresse ein fetzen papier
geliehener stift & krakelig mit zitternder hand
meine
anschrift *morgen um elf bei mir* möchte ich noch
einmal den ausgemachten termin bestätigt wissen
morgen um elf verabschiedet sie sich den zettel in
die hosentasche gesteckt aufgeregt der rest des
tages meine wohnung mit eifrigen handgriffen & dem
willen zu beeindrucken verändert als wichtigstes das
bett frisch bezogen dunkelblaues laken
himbeerfarbene decke + kissen bereitgelegte musik
abgestaubte klassik cds genüßlich eine zigarette in
freudiger vorerwartung kann ich die nacht kaum
schlafen gehe in perfiden erotischen gedanken
spazieren *ihre schenkel umklammern fest meinen*

rücken sie bebt stöhnt immer lauter schreit will daß ich … (&soweiter) gleich am frühen morgen zum bäcker vier frische brötchen saft verschiedener käse zwei joghurtbecher im laden nebenan eine halbe stunde vor der zeit setze ich den kaffee auf trinke eine tasse alleine rauche & bleibe nervös höre meinen puls laut schlagen mit kurzen paranoiden einschüben *sie wird hoffentlich nichts ernstes erwarten gar eine feste längerfristige beziehung oder nur frühstücken wollen* mit einer ärgerlichen handbewegung wische ich alle unerwünschten stimmungskiller beiseite *schließlich leben wir im einundzwanzigsten jahrhundert* pünktlich um elf das klingeln an der haustür ungeduldig der finger am türöffner ahne ich meinen verräterischen gesichtsausdruck & setze mit aller kraft vorübergehend eine seriöse maske auf meine frühstücksverabredung im knappen gelben sommerkleid schwebt elegant die treppen hoch stolpert bei der vorletzten stufe stürzt ihr kinn schlägt auf eine kante ein kleiner vorderzahn fliegt mir entgegen

LUDWIG CHRISTOPH HEINRICH HÖLTY

Petrarchische Bettlerode

Wenn mit leisen Hutfilzsöckchen
Meine braune Trutschel geht
Und ihr rotes Büffelröckchen
Um die dicken Schinken weht,
Über Zäune, Steg und Brücken,
Jeden ausgeschlagnen Tag,
Humpl' ich dann auf beiden Krücken
Ihr mit Sack und Packe nach.

Wär ich nur ein Dorn der Hecke,
Welche schlau ihr Röckchen ritzt!
Nur ein Tröpfchen von dem Drecke,
Der an ihre Waden spritzt!
Wär ich nur das Fledermäuschen,
Das um ihre Mütze schwirrt!
Nur das kleine Silberläuschen,
Das von Ohr zu Ohr ihr irrt!

Wüßt ich hübsche Liebesstückchen,
Lustig, wie des Kuckucks Schall;

Ach! Dann hörte mich mein Fiekchen
Abends an des Amtmanns Stall!
Schmauchten mich nur ihre Lippen
Als ein Paffchen Krolltoback!
Oder drückt' an ihre Rippen
Sie mich als den Dudelsack!

Könnt ich als ein Kamm ihr dienen,
Wenn sie hinterm Zaun sich kämmt!
Könnt ich an dem Teiche grünen,
Wo sie ihre Glieder schwemmt!
Wär ich doch auf Veltens Diele,
Schatz, für dich ein Bündel Stroh!
Nagt ich, ach! mit süßem Spiele
Dir dein Leder, als ein Floh!

Würde doch von Niklas' Mutter
Durch den alten Teufelstext
Und ein Stücklein Hexenbutter,
Dir ein Traum von mir gehext!
Schmunzelnd in dem Schlafe, drücke
Fest mein Bild mit einem Schmatz!
Morgen trabst bei meiner Krücke
Du einher und bist mein Schatz!

HEINRICH HEINE

Unstern

Der Stern erstrahlte so munter,
Da fiel er vom Himmel herunter.
Du fragst mich, Kind, was Liebe ist?
Ein Stern in einem Haufen Mist.

Wie ’n räudiger Hund, der verrecket,
So liegt er mit Unrat bedecket.
Es kräht der Hahn, die Sau, sie grunzt,
Im Kote wälzt sich ihre Brunst.

O, fiel’ ich doch in den Garten,
Wo die Blumen meiner harrten,
Wo ich mir oft gewünschet hab
Ein reinliches Sterben, ein duftiges Grab!

THEODOR STORM

Für einen Ungeliebten

Höre auf, dich zu betrüben,
Heitre deinen bangen Sinn!
Will denn keine dich mehr lieben,
Eile nur zum Echo hin.
Ruf nur laut: »Wer liebt denn mich?«
Und du hörst ein dreifach: »Ich!«

FERDINAND SCHOLZ

Selig

Pfeifchen schmauchen, leise grunzen,
sachte schaukeln hin und her;
Selig in die Hose brunzen –
Wozu da Geschlechtsverkehr?

GOTT UND DIE WELTKRIEGER

Freitag früh ist Jüngster Tag

F. W. Bernstein

FRANZ HODJAK

Die Verschiebung der Chinesischen Mauer

In einer Konserve, die gestern
gegen Mittag

in meine Wohnung
abgeschoben wurde, gibt es

etwa dreißig Millionen
Chinesen, die hüpfen, tanzen
und Volkslieder singen und
unentwegt

mit ihren kleinen Fäusten
gegen die Konservenwände
trommeln. Öffne ich

die Konserve nicht, straft
mich das Gewissen, öffne
ich sie, bestraft mich

der Grenzschutz, indem er mich
womöglich

in einer Konserve
nach China
abschiebt.

GABRIELE TRINCKLER

Entropie am Knie

Ich kann es nicht aufhalten
Das Herumstromern der Dinge
Zwischen den Zimmerecken
Diese heimlichen Ortswechsel
Meiner Socken im Abendrot

Wenn der Schladderadatz sich
Zusammenrottet wird es
Zeit für ein weiteres Bier
Trotz der leidigen Sache mit
Den Flaschen und den Dosen

Der Monsun im Kühlschrank
Sah viele Metamorphosen doch
Ovid bei den Tomaten bleibt
Teil des Mysteriums auf das nur
Mama Antwort weiß

ERICH KÄSTNER

Die Welt ist rund

Die Welt ist rund. Denn dazu ist sie da.
Ein Vorn und Hinten gibt es nicht.
Und wer die Welt von hinten sah,
der sah ihr ins Gesicht!

Zwar gibt es Traum und Mondenschein
und irgendwo auch eine kleine Stadt.
Das ist nicht anders. Denn das muß so sein.
Und wenn du tot bist, wirst du davon satt.

Mensch, werde rund, Direktor und borniert.
Trag sonntags Frack und Esse.
Und wenn dich wer nicht respektiert,
dann hau ihm in die Fresse.

Sei dumm. Doch sei es mit Verstand.
Je dümmer, desto klüger.
Tritt morgen in den Schutzverband.
Duz' dich mit Schulz und Krüger.

Nimm ihre Frauen oft zum Übernachten.
Das ist so üblich. Und heißt Freiverkehr.
Es lohnt sich nicht, die Menschen zu verachten.
Und weil die Welt bewohnt wird, ist sie leer.

Es gibt im Süden Gärten mit Zypressen.
Wer keine Lunge hat, wird dort gesund.
Wer nichts verdient, der braucht auch nicht zu
essen.
Normale Kinder wiegen neu acht Pfund.

Du darfst dich nicht zu oft bewegen lassen,
den andern Menschen ins Gesicht zu spein.
Meist lohnt es nicht, sich damit zu befassen.
Sie sind nicht böse. Sie sind nur gemein.

Ja, wenn die Welt vielleicht quadratisch wär!
Und alle Dummen fielen ins Klosett!
Dann gäb es keine Menschen mehr.
Dann wär das Leben nett.

Wie dann die Amseln und die Veilchen lachten!
Die Welt bleibt rund. Und du bleibst ein Idiot.
Es lohnt sich nicht, die Menschen zu verachten.
Nimm einen Strick. Und schieß dich damit tot.

F. W. BERNSTEIN

Apokalypsen-Programm

Montag geht die Welt zugrunde
Dienstag regnet's und ist kalt
Mittwoch um die zehnte Stunde
wird kein Geld mehr ausgezahlt

Donnerstag nur Feuersbrünste
Freitag früh ist Jüngster Tag
Samstag Ende aller Künste
und zwar ZACK auf einen Schlag

Sonntag herrscht dann endlich Ruhe
und die Straßen wüst und leer
auf der Post noch ein Getue
Pst – nun ist auch das nicht mehr

PAUL SCHEERBART

Donnerkarl, der Schreckliche

Ein Heldengedicht

Reich mir meine Platzpatronen,
Denn mich packt die Raserei!
Keinen Menschen will ich schonen,
Alles schlag ich jetzt entzwei.
Hunderttausend Köpfe reiß ich
Heute noch von ihrem Rumpf!
Hei! Das wilde Morden preis ich,
Denn das ist der letzte Trumpf!
    Welt, verschrumpf!

ALEX DREPPEC

Robespierres Rübe

Revolutions-Regierungschef Robespierre,
Rabiatester Revolutionär
Richtete Ratsbrüder radikal.
Routinemäßiges Ritual:
Rüben rechtloser Reaktionäre
Rasierten rotierende Rübenscheren.
Rivalen richtete Robespierre
Regellos, reihenweise, ringsumher.

Robespierrscher Roheiten Resümee:
Restlos ruiniertes Renomee.
Ränkeschmiede rügten Robespierres Roheiten,
Rügten rasende Rechtlosigkeiten.
»Resistance!« riefen rechtlose Randalierer,
»Ruhe, Radaubrüder, Rohrkrepierer!
Reaktiviert Reaktionsabwehr!«
Rief rastlos rasend Robespierre.

Ruhestörer, respektlos - rasante
Rivalen rumorten. Robespierre rannte.

Robespierre rief: »Rechtlose Randale
Revolution ruinierender reger Rivalen!
Rasender Reaktionäre Rest!
Ränkeschmiedendes Räubernest!«
Rivalen röchelten: »Revoluzzer!
Routinemäßiger Rübenstutzer!

Ratzfatz Rübe runter, Robespierre!
Rasender, räudiger Revolutionär!
Ruhmesreichste Retourkutsche:
Rotzkotz, ritsche-ratsche, Rübenrutsche!«
Resultat rasender Riesenrevolte:
Rollentausch, Robespierres Rübe rollte
Richtig ruiniert, regelrecht rasiert
Richtung Rinnstein, radikal resigniert.

KURT TUCHOLSKY

Fröhliche Ostern!

Ei, ei!
In einer Reih
legen die fleißigen Hasen
wohl auf den grünen Rasen
hervorragend bunte Ostereier –
denn der freie Handel wird stets freier,
und so legt denn heuer das Hasensyndikat
über acht Stunden von früh bis abends spat.
Wenn wir Menschen uns aber die Eier begucken:
ja, was haben die Hasen nur diesmal für Mucken?
Da steht »Räterepublik« auf einem Ei geschrieben,
das ist um und um mit brandroter Farbe eingerieben.
Auf einem steht: »Uns Nationalen gehts zurzeit sehr mau!«
Und dieses Ei ist mit Recht ganz und gar knallblau.
Und auf einem ist zu lesen, daß so weiß wie dies Ei
auch die Unschuld der Herren alldeutschen Kriegspolitiker sei.
Und wieder auf einem steht groß und dick und kühn:
»Deutschlands Zukunftshoffnung« – und das ist grün.
Und es sagte mir eines der kleinen Hasentierchen:
»Dir und deinen lieben Deutschen zum Pläsierchen
täte ich gern etwas gegen den innern Krieg –
denn ich kleiner Hase, ich liebe die deutsche Politik!«
Und ich sagte: »Herr Hase, meinetwegen!
Also: dann müssen Sie Rühreier legen!«
Na, finden Sie vielleicht was dabei?
Allerseits: Fröhliche Ostern!
Ei, ei! Ei, ei!

WEINRICH WEINE

Grabspruch des Weihnachtsmanns

Alle Jahre wieder
kam ich Weihnachtsmann
auf die Erde nieder.

Auch zu diesem Feste
flog mich mein Gespann,
als mir fremde Gäste

in die Quere kamen,
Marschflugkörper – Amen.

BERTOLT BRECHT

Hier ist Öl! Öl ist hier!

Hier ist Öl! Öl ist hier! Das liegt hier
Was die Motore laufen macht, was die Schiffe
bewegt!
Das kolbenschmierende Öl liegt hier im Boden!
Das die Städte hell macht! Schnell!
Verwandelt euch in Ölsucher, ihr Ziegenhirten!
Schnell!
Schafft das Öl an die Oberfläche, tragt
den Felsen ab, bohrt
Den Boden an, Bauern!

Aber da sind Ziegenherden, die auf dem Feld
grasen!
Aber da stehen Wohnhäuser, die hundert Jahre alt
sind!
Aber da sind Grundbücher und Besitztitel!

Schnell! Schafft alles weg, was zwischen uns und
dem Öl steht!

Weg mit den Ziegenherden! Weg mit den
Wohnhäusern!
Und weg mit den Grundbüchern und Besitztiteln!
Hier ist Öl! Öl ist hier! Das kolbenschmierende Öl
ist hier
Und das die Städte hell macht!

JOHANN WOLFGANG GOETHE

Ein Reicher,

dem gemeinen Wesen zur Nachricht

Wollt ihr wissen, woher ich's hab,
Mein Haus und Hab?
Hab allerlei Pfiff' ersonnen,
Es mit Müh, Schweiß und Angst gewonnen,
Genug, ich bin reich,
Und drum scheiß ich auf euch!

ALFRED LICHTENSTEIN

Erotisches Variété

Auf offner Straße in der Nacht
Entkleidet sich ein Kneipenwirt.
Ein Ingenieur ist aufgebracht,
Der sich bei seinem Weib verirrt.

Nach gleichgesinnten Viechern schielt
Ein homosexueller Hund.
Ein Greis, der mit sich selber spielt,
Merkt: Allzuviel ist ungesund.

In schmutzig grüner Tunke hockt
Ein blauer Syphilitiker.
Ein Boxer bebt. Ein Baby bockt.
Verstiert fault ein Zylinderherr.

Ein Auto bringt ein Fräulein um.
Ein Junge bricht ein Mädchen an.
Verbittert ist ein Mensch. Warum?
Weil er nicht coitieren kann.

Es war einmal ein junger Mann
Und eine junge Frau
Die kauften sich ein Auto,
Das war sehr schlau.

Ein Volksauto um tausend Mark
Das schafften sie sich an,
Es hatten alle beide
Viel Freude dran.

Er machte einen Autokurs,
Bekam den Führerschein
Und fuhr mit seiner Gattin
Nach Garmisch nein.

Doch bei der allerersten Fahrt,
Es war als wie ein Traum,
Da fuhren sie vor Garmisch
An einen Baum.

Der Baum, der war ein Hindernis,
Der Baum, der gab nicht nach,
Doch das Auto ward zertrümmert,
O welche Schmach!

Da lagen alle dreie,
Sie – er und 's Autolein,
Verwundet und zerschellet
Im Abendschein.

Das Auterl wurde abgeschleppt,
Es sah ganz furchtbar aus,
Und ihn und sie – sie fuhr man
Ins Krankenhaus.

Daß »Er« dabei den Kopf verlor,
Das leuchtet jedem ein,
Und »Sie« wurde aufgenommen
Im Witwenheim.

Zum Autofriedhof, wie Sie sehn,
Fuhr man das Auto naus,
Es hauchte, kaum geboren,
Sein Dasein aus.

Und die Moral von der Geschicht
Ich offen sagen muß:
Ihr Leute, fahrt's nicht Auto,
Geht's lieber – z'Fuß!

CHRISTA REINIG

Für ein am Straßenrand überfahrenes Fräulein

(aus: Schwabinger Marterln)

Autofahrer zu begaukeln
ging sie Täschchenschaukeln
bis einst ein Mercedes kam
und sie auf seine Weise nahm

CHRISTA REINIG

Für einen Gammler

(aus: Schwabinger Marterln)

Er saß friedvoll am Straßenrand
und kämmte sich mit seiner Hand
da kam ein Motorrad gefahren
und verfing sich in seinen Haaren
bitt für ihn und dank es Jesus Christ
daß du ein Gescherter bist.

FRANZOBEL

Jesus

Angeblich hat er ausgeschaut
und offensichtlich auch sich viel bewegt
im Nichtsesshaftenmilieu, plastisch
hat man ihn jetzt rekonstruiert, so dass man
glaubt, dass er vom Balkan ist
oder aus anderem südeuropäischen Gebiet,
des weiteren hat die Kripo
Ermittlungen geführt und festgestellt,
dass er vergraben worden ist,
vornehm gefurzt hat und auch die Zehen,
wie es heißt,
sind gelaufen wie von selbst, ob er aber
was gehabt hat, Rucksack, Schuhe,
weiß man nicht, nimmt aber an,
dass ihm alles, alles gestohlen worden ist.

KLABUND

Die englischen Fräuleins

Die englischen Fräuleins gehen in langer Kette
durch die Stadt,
Zwei und zwei, in ihren schwarzen Mänteln wie
Morcheln,
Die man aus dem Boden gerissen hat.
Aber im Sommer tragen sie violette
Schärpen um den Leib. Sie schlafen alleine im
Bette.

Manche ist so schön,
Man möchte einmal mit ihr schlafen gehn.
Aber sie sind so klein und klein in ihren schwarzen
Kapuzen,
Ich glaube, wenn man sie lieben will, braucht man
ein ganzes Dutzend.

SAID

alternde engel werden in einem glashaus
untergebracht
morgens pissen sie von ihren fenstern auf die
trottoirs hinunter
dürfen dann in begleitung auf die straße treten
barfüßig im offenen hemd
bei jedem pfarramt und jedem weiblichen
passanten mit dekolleté
legt ihnen der begleiter den maulkorb an
alternde engel hätten gerne zu onanieren
aufgehört
wenn da die vorschrift nicht wäre
sie vertragen keinen spagat mehr und verlangen
mehr spaghetti
die sie mit samthandschuhen zum mund führen
dann werfen sie dem dienstmädchen die
handschuhe ins gesicht
einmal in der woche überfallen sie ihre sparkasse
und rülpsen laut und furzen laut
und verteilen die scheine unter die passanten

untermischt mit ihren vergilbten visitenkarten und
lächeln bedeutungsvoll
daheim in ihren gläsernen studios
diktieren sie ihre memoiren und rechnen mit allen
ab
schonungslos wie sie sich gegenseitig beteuern
und fordern eine neue gesellschaftsordnung die
die rentner zum geschlechtsverkehr verurteilt bis
sie tot umfallen
furchtlos vertreten alternde engel ihre thesen
und zucken zusammen wenn angelus geläutet
wird

ALFRED BRENDEL

Daß es Teufel
im Grunde gar nicht gibt
hat uns kürzlich
der Leibhaftige selbst verraten
Wir haben dies
betrübt zur Kenntnis genommen
und beschlossen
in Zukunft
uns selbst an die Wand zu malen

FRESSEN UND GEFRESSEN WERDEN

Ich esse meine Suppe nicht!
Nein, meine Suppe eß ich nicht!

Heinrich Hoffmann

KLABUND

Hier ruht die Wittib Monika Tupfer,
Sie buk vortreffliche Gugelhupfer.
Eines Tages schob sie zu tief in den Ofen die
Wacken,
Da hat der Herrgott sie selbst gebacken.

GEORG WEERTH

Das Hungerlied

Verehrter Herr und König,
Weißt du die schlimme Geschicht?
Am Montag aßen wir wenig,
Und am Dienstag aßen wir nicht.

Und am Mittwoch mußten wir darben,
Und am Donnerstag litten wir Not;
Und ach, am Freitag starben
Wir fast den Hungertod!

Drum laßt am Samstag backen
Das Brot, fein säuberlich;
Sonst werden wir sonntags packen
Und fressen, o König, dich!

FRIEDRICH WILHELM WAGNER

Im Café

Die Nacht ist langsam vorgeschritten.
Ein Gast klebt noch an meinem Tisch.
Auf einmal, in mein Glas geglitten:
Er schwimmt im Absinthe – dick, ein Fisch.

Bestaunend die Metamorphose,
Ich brech mir den Verstand entzwei.
In meiner Kehle hängt, sehr lose,
Ein gellender Entsetzensschrei.

KURT SCHWITTERS

Kleines Gedicht für große Stotterer

Ein Fischge, Fisch, ein Fefefefefischgerippe
Lag auf der auf, lag auf der Klippe.
Wie kam es, kam, wie kam, wie kam es
Dahin, dahin, dahin?

Das Meer hat Meer, das Meer, das hat es
Dahin, dahin, dahingespület,
Da llllliegt es, liegt, da llllliegt, llliegt es
Sehr gut, sogar sehr gut!

Da kam ein Fisch, ein Fefefefefisch, ein
Fefefefefefe-fefefefefefe-(schriller Pfiff)
feFe feFe feFE feFefischer,
Der frischte, fischte frische Fische.
Der nahm es, nahm, der nahm, der nahm es
Hinweg, der nahm es weg.

Nun llllliegt die, liegt, nun llliegt die Klippe
Ganz o o o ohne Fischge Fischgerippe
Im weiten, weit, im We Weltenmeere
So nackt, so fufu furchtbar nackt.

ARMIN KRATZERT

aus dem logbuch der u.s.s. sputnik, porto alegre, 27.08.2003, 13.04 h

großartig, dachte der hering, ich bin doch ein
glückspilz: das meer ist lau, die sonne
scheint, es gibt wunderbar zu fressen und
die aussichten sind auch langfristig ganz
blendend, er lächelte, der hering, und wedelte

mit seiner schwanzflosse, was der hammerhai
als angenehmes kitzeln empfand, als er seinen
kiefer über ihm zuschnappen ließ, gute
gegend, befand der hai nun, und ruhig außerdem,
er schluckte den hering und entspannte, ein

sanftes rubbeln glitt in wellen über seinen rauen
bauch, lustige sache irgendwie, und dann ein
ruck, und das treibnetz mit dem höchst
überraschten hai darin wurde von zwei
150-ps-dieselwinden ins offene heck des

kutters gezogen, des fischkutters, der schon
geraume zeit in diesen gewässern auf
thunfisch kreuzte und dessen käptn jetzt ganz

fröhlich die mütze in den nacken schob und
sich dachte, daß er doch mit keinem auf der welt

tauschen möchte, nicht, solange die sonne so
schien und das boot lief und irgendein verdammter
fisch noch aus dem wasser gezogen werden konnte,
er grinste breit und blinzelte in den himmel und
wunderte sich, daß die ganze hitze dieses

großartigen tages plötzlich wie ein klumpen auf
ihn herunterfiel und sah im letzten augenblick
seines
fischkutterkäptnlebens, daß es ein brennender,
trudelnder, explodierender jet war, der da auf sein
boot stürzte und ihn und das schiff und seine leute

und die ladung und auch noch den letzten
armseligen hering in einer gewaltigen explosion in
die tiefe reißen wollte, der jet
seinerseits war auf dem weg von dakar nach rio
de janeiro gewesen, 35.000 fuß hoch, vollbesetzt

mit fußballfans, die gerade zu abend gegessen
hatten und jetzt zufrieden an ihren

bierdosen saugten, als ihre maschine mit den
tückisch glühenden resten einer
versorgungsrakete kollidierte, die kürzlich

die russische raumstation mir mit treibstoff,
sauerstoff und nahrung versorgt hatte und jetzt
kontrolliert ins meer stürzen sollte, während aber
diese mir und ihre besatzung von dem ganzen
schlamassel nichts wusste und weiter, sanft

rumpelnd, ihre bahn um den planeten zog, und
der jet sich unter großem getöse mit dem
fischkutter vereinigte und im meer versank,
erhielt der besinnungslose hammerhai von der
leitwerkskante der boeing einen trockenen

schwinger in die magengrube, spuckte den
kleinen hering wieder aus und verschied, der
hering aber platschte zurück in den atlantik und
dachte bei sich, als er weiterschwamm,
gott, was für ein tag.

FRANZ VON POCCI

Chor der Menschenfresser

Spissi spassi Kasperladi
Hicki hacki Karbonadi
Trenschi transchi Appetiti
Fressi frassi fetti fitti
Schlicki schlucki Kasperluki
Dricki drucki mameluki
Michi machi Kasperlores
Spissi spassi tschu capores.

EMANUEL GEIBEL

Krokodilromanze

Ich bin ein altes Krokodil
Und sah schon die Osirisfeier;
Bei Tage sonn' ich mich im Nil,
Bei Nacht am Strande leg' ich Eier.

Ich weiß mit list'gem Wehgekreisch
Mir stets die Mahlzeit zu erwürken;
Gewöhnlich fress' ich Mohrenfleisch
Und Sonntags manchmal einen Türken.

Und wenn im gelben Mondlicht rings
Der Strand liegt und die Felsenbrüche,
Tanz' ich vor einer alten Sphinx,
Und lausch' auf ihrer Weisheit Sprüche.

Die Klauen in den Sand gepflanzt,
Tiefsinnig spricht sie: Tochter Thebens,
Friß nur was du verdauen kannst!
Das ist das Räthsel deines Lebens.

EDUARD MÖRIKE

Alles mit Maß

Mancherlei sind es der Gaben, die gütige Götter den Menschen
Zum Genusse verliehn, sowie für die tägliche Notdurft.
Aber vor jeglichem Ding begehr ich gebratenen Schweinsfuß.
Meine Frau Wirtin, die merkt's, nun hab ich alle Tag Schweinsfüß.
Öfters im Geist ahnt mir: jetzt ist kein einziger Schweinsfuß
Mehr in der Stadt zu erspähn: was hab ich am Abende? Schweinsfüß!
Spräche der König nun gleich zum Hofkoch: Schaffe mir Schweinsfüß!
Gnade der Himmel dem Mann, denn nirgend mehr wandelt ein Schweinsfuß.
Und ich sagte zur Wirtin zuletzt: Nun laßt mir die Schweinsfüß!
Denn er schmeckt mir nicht mehr wie sonst, der bräunliche Schweinsfuß.

Aber sie denkt, aus Zartgefühl nur verbät ich die
Schweinsfüß,
Lächelnd bringet sie mir auch heute gebratenen
Schweinsfuß –
Ei so hole der Teufel auf ewig die höllischen
Schweinsfüß!

ANDREAS OKOPENKO

Volkstümliches Liebeslied

Schenk mir zwei Bratwürste
auf einer Drahtbürste
und einen Gummistempel aus Hernals.
Wenn ich dann glücklich bin,
krieg ich ein Doppelkinn
und einen Zittersäugling ohne Hals.

O buli buli bu,
was wär ich ohne du,
was wärst du ohne ich,
das glaube mich.

Schenk mir ein Mehlkompott
für meinen Alltagstrott
und eine rosenrote Bahnhofsuhr.
Wenn ich dann glücklich bin,
krieg ich ein Dreifachkinn
und einen sechsten Sinn für die Kultur.

O buli buli bu,
was wär ich ohne du,
was wärst du ohne ich,
das weißt nur dich.

Schenk mir den Donauturm
für meinen Bandelwurm
und eine Wasserleitung für die Trance.
Wenn ich dann glücklich bin,
krieg ich ein Vierfachkinn
und bin die Sünderin par excellence.

O buli buli bu,
was wär ich ohne du,
was wärst du ohne ich,
das schätz ich mich.

Schenk mir ein Malzbonbon
in einem Schmalzkarton
und eine Ziegenfarm in Breitensee.
Wenn ich dann glücklich bin,
krieg ich ein Fünffachkinn
und einen Messerschleifer mit Bouquet.

O buli buli bu,
was wärst du ohne du,
was wär ich ohne mich
auf meinem Strich.

HEINRICH HOFFMANN

Die Geschichte vom Suppen-Kaspar.

Der Kaspar, der war kerngesund,
ein dicker Bub und kugelrund.
Er hatte Backen rot und frisch;
die Suppe aß er hübsch bei Tisch.
Doch einmal fing er an zu schrein:
»Ich esse keine Suppe! Nein!
Ich esse meine Suppe nicht!
Nein, meine Suppe eß ich nicht!«

Am nächsten Tag – ja sieh nur her!
da war er schon viel magerer.
Da fing er wieder an zu schrein:
»Ich esse keine Suppe! Nein!
Ich esse meine Suppe nicht!
Nein, meine Suppe eß ich nicht!«

Am dritten Tag, o weh und ach,
wie ist der Kaspar dünn und schwach!
Doch als die Suppe kam herein,
gleich fing er wieder an zu schrein:

»Ich esse keine Suppe! Nein!
Ich esse meine Suppe nicht!
Nein, meine Suppe eß ich nicht!«

Am vierten Tage endlich gar
der Kaspar wie ein Fädchen war.
Er wog vielleicht ein halbes Lot –
und war am fünften Tage tot.

MARTIN OPITZ

Grabinschrift eines Kochs

Wie wird die Welt doch überall verkehret.
  Hier hat ein Koch im Grabe seine Ruh,
  Der mancherlei von Speisen richtet zu.
Jetzt haben ihn die Würmer roh verzehret.

CHRISTIAN HOFFMANN VON HOFFMANNSWALDAU

Poetische Grabschrift einer Fliegen.

Jn einer Butter-Milch verlohr ich Geist und Leben /
Ein zarter Weiber-Bauch hat mir das Grab gegeben.
Sey nicht Domitian, vergönne mir die Ruh /
Und schleuß in dieser Grufft die förder Thüre zu.

CHRISTIAN MORGENSTERN

Auf dem Fliegenplaneten

Auf dem Fliegenplaneten,
da geht es dem Menschen nicht gut:
Denn was er hier der Fliege,
die Fliege dort ihm tut.

An Bändern voll Honig kleben
die Menschen dort allesamt,
und andre sind zum Verleben
in süßliches Bier verdammt.

In Einem nur scheinen die Fliegen
dem Menschen vorauszustehn:
Man bäckt uns nicht in Semmeln,
noch trinkt man uns aus Versehn.

UNBEKANNTER VERFASSER

Grabschrift eines Dachshundes

Kein Loch war mir zu tief und keines auch zu klein.
Ich suchte Fuchs und Dachs dem Jäger zu gefallen.
Ich büßte letztlich doch im Loch mein Leben ein.
Drum trau den Löchern nicht und wühle nicht in allen.

WILHELM BUSCH

Es sitzt ein Vogel auf dem Leim,
Er flattert sehr und kann nicht heim.
Ein schwarzer Kater schleicht herzu,
Die Krallen scharf, die Augen gluh.
Am Baum hinauf und immer höher
Kommt er dem armen Vogel näher.

Der Vogel denkt: Weil das so ist
Und weil mich doch der Kater frißt,
So will ich keine Zeit verlieren,
Will noch ein wenig quinquilieren
Und lustig pfeifen wie zuvor.
Der Vogel, scheint mir, hat Humor.

DICHTER UND HENKER

Sonette find ich sowas von beschissen

Robert Gernhardt

CHRISTIANA MARIANA VON ZIEGLER

Grabschrifft eines Leyermanns.

Mein Kunstgriff war beliebt und aller Welt bekannt,
Und doch riß mir der Tod die Leyer aus der Hand.
Man wird, sprach er dabey, dein Leyern nicht vermissen,
Dergleichen Kunst ist starck bey Dichtern eingerissen.

CHRISTA REINIG

Für einen verlorenen Dichter

(aus: Schwabinger Marterln)

Die Münchner Freiheit* zog ihn an
wo er in eine Parti kam
die Parti ging von Haus zu Haus
sie ist auch heuer noch nicht aus
der Dichter ist drin steckenblieben
der Roman blieb ungeschrieben

* Münchner Freiheit – Platz in Schwabing

FRIEDRICH RÜCKERT

Der lange Schlaf

»Wo warest du?« Ich schlief. »So wird an dir sich strafen,
Was du verschlafen hast.« Was hab ich denn verschlafen?

Viel große Dichter, die indes verklungen sind,
Und Weise, die vom Urungrund verschlungen sind,

Weltneurungsblasen, die lautlos zersprungen sind,
Und alte Größen, die verhöhnt von Jungen sind.

»Bedauerst du es nicht?« Jawohl, ich armer Mann
Bedaure, daß ich nicht noch länger schlafen kann.

ALBERT OSTERMAIER

ratschlag für einen jungen dichter

als dichter musst du wissen wie
man leute killt köpfe zwischen
zeilen klemmt sie plätten satz für
satz das ist das blei das du hast
ein gutes gedicht braucht heut
zutage einfach einen mord damit
die quote stimmt sie nicht zum
pinkeln gehn wenn du um ihre
herzen wirbst musst du sie brechen

FRIEDRICH NIETZSCHE

Der unfreiwillige Verführer

Er schoß ein leeres Wort zum Zeitvertreib
Ins Blaue – und doch fiel darob ein Weib.

KLABUND

Epitaph als Epilog

(für Bry)

Hier ruhen siebenundzwanzig Jungfrauen aus Stralsund,
Denen ward durch einen Interpreten des Dichters neueste Dichtung kund.
Die hat die empfindsamen Mädchenherzen so sehr begeistert,
Daß auch nicht eine mehr ihr Gefühl gemeistert.
Man hängte sich teils auf, teils ging man in die See.
Nur eine ging zum Dichter selbst. (Und zwar aufs Kanapee.)

ECKHARD HENSCHEID

Charlottens Brief

Werter Werther,
Denkst Du noch des Camembert, der
Unsre Liebe sanktionierte,
Während ich Dich deflorierte –
Wart einmal: beziehungsweise
Du mich. Ach, du Scheiße,
Beinahe hätt ich's vergessen
(so geht's halt den Topmätressen)
Dir zu sagen, wie ich Dich
Liebe ganz herztausiglich!
Du, mein kleiner Gardeoberst,
Du, mein Scheißer! Warte, ob erst
Albert aus dem Hause fort –
Nein, er hockt auf dem Abort –
Trotzdem wag ich diesen Brief!
Ja, der Camembert hat tief
Mir damals das Herz durchbohrt.
Glaub's mir, Werther, jedes Wort
Dieses Klopstock, den wir lasen,
Und du tät'st so artig blasen,

Ging mir an die Eier mein –
Stop! Die Eier sind ja Dein
Ein und Alles – Hen kai pan,
Wie Du's ausdrückst, werter Mann.
Kurz, wie man's auch dreht und wendet –
Albert scheint am Klo verendet –
Ich bin Din und Du bist min!
Ach, ich möcht' nach Westberlin!
Sightseeing mit Dir, das wär's,
Unter des Berliner Bärs
Tatzenpratzen Dich zu knutschen,
Schnell in' Grunewald zu rutschen –
Ach, wie wird mir Wetzlar öde,
»Lar« fürwahr – und dann die blöde
Hühnerfickerei des Pfarrers
Hiebel Jochen, dieses Schmarrers,
Der mich ständig hacken will,
Und ich halt auch schön brav still,
Bis du wiederkömmst, mein Sauschwanz,
Bleib ich ewig treu und Dein ganz;
Spitz wie Wetzlarer Karotte
Wartet Dein – mmmh Bussi!
Lotte.

EDUARD MÖRIKE

Restauration

nach Durchlesung eines Manuskripts mit Gedichten

Das süße Zeug ohne Saft und Kraft!
Es hat mir all mein Gedärm erschlafft.
Es roch, ich will des Henkers sein,
Wie lauter welke Rosen und Kamilleblümlein.
Mir ward ganz übel, mauserig, dumm,
Ich sah mich schnell nach was Tüchtigem um,
Lief in den Garten hinterm Haus,
Zog einen herzhaften Rettich aus,
Fraß ihn auch auf bis auf den Schwanz,
Da war ich wieder frisch und genesen ganz.

ROBERT GERNHARDT

Materialien zu einer Kritik der bekanntesten Gedichtform italienischen Ursprungs

Sonette find ich sowas von beschissen,
so eng, rigide, irgendwie nicht gut;
es macht mich ehrlich richtig krank zu wissen,
daß wer Sonette schreibt. Daß wer den Mut

hat, heute noch so 'n dumpfen Scheiß zu bauen;
allein der Fakt, daß so ein Typ das tut,
kann mir in echt den ganzen Tag versauen.
Ich hab da eine Sperre. Und die Wut

darüber, daß so 'n abgefuckter Kacker
mich mittels seiner Wichserein blockiert,
schafft in mir Aggressionen auf den Macker.

Ich tick nicht, was das Arschloch motiviert.
Ich tick es echt nicht. Und wills echt nicht wissen:
Ich find Sonette unheimlich beschissen.

JOHANN WOLFGANG GOETHE

Rezensent

Da hatt ich einen Kerl zu Gast,
Er war mir eben nicht zur Last;
Ich hatt just mein gewöhnlich Essen,
Hat sich der Kerl pumpsatt gefressen,
Zum Nachtisch, was ich gespeichert hatt.
Und kaum ist mir der Kerl so satt,
Tut ihn der Teufel zum Nachbar führen,
Über mein Essen zu räsonieren:
»Die Supp hätt können gewürzter sein,
Der Braten brauner, firner der Wein.«
Der Tausendsackerment!
Schlagt ihn tot, den Hund! Es ist ein Rezensent.

FRIEDRICH SCHILLER

Rezension

Sehet, wie artig der Frosch nicht hüpft! Doch find ich die hintern
Füße um vieles zu lang, so wie die vordern zu kurz.

PETER RÜHMKORF

Nekropolis

Nur immer fort, nur zu, nur Schippe über
Schippe,
hier groß empfunden ist bloß feucht geniest –
Die Wörter pladdern auf die Abfallkippe,
bis sich die Grube füllt, die Strophe schließt.

Noch eine Schaufel Dreck für einen Flügel,
ein Ehrenwurf für einen noblen Spleen:
Wie grad die Zeile fällt, hebt sich der Scherben-
hügel,
der Fragen deckt, die Kreuze nach sich
ziehn .....

+ + + + + + + + + + + + + + + + + + +
+ + + + + + + + + + + + + + + +
+ +
+ + + + + + + + + + + +

Ich glaub, du denkst, hier sinkt noch immer die
Titanik,
wie jemand öffentlich mit soviel Kultur ersäuft –
Hier wirkt nur – platzda! – eine Sanitärmechanik,
die Wort auf Wort zum Totenacker schleift.

\+ + + + + + + + + + + + + + + +
\+ +
\+ + + + + + + + + + + + +
\+ +

Nein, nix Musik! und auch kein Büstenheber;
lieblose Jamben in ein Leichentuch gewichst.
Wer davon lebt, der stirbt daran, der Totengräber:
U u u u n d auf! U u u u n d ab! Der Rest wird
aus-ge-ixt –

\+ +
\+ +
\+ + + + + + + + + + + + + + + +
\+ + + + + + + + + + + + + + + + + +

+ + + + + + + + + + + + + + + + + +

+ + + + + + + + + + + + +

+ + + + + + + + + + + + + + +

+ +

Und sie lachen doch!
Nachbemerkung des Herausgebers

Im »Sachwörterbuch der Literatur«, 7. Aufl., Stuttgart 1989, definiert Gero von Wilpert *Schwarzen Humor* als »durchaus traditionelle, humorlose (!) Form des Scherzes mit absurdem Schrecken, grausiger Komik, makabrer Lächerlichkeit, düsterer Groteske oder krassem Zynismus, die sich nicht in die gütige Weltweisheit des Humors auflöst, sondern aus Gruseln und Grauen durch Übersteigerung ins Groteske noch Komik bewirkt«.

Nein, ich habe mich bei meiner Auswahl nicht sklavisch an Herrn von Wilperts Definition gehalten, die letztlich den »Humor« selbst ausklammert. Professor Wilpert vermisst im beißenden »schwarzen Humor« wohl die Güte und vielleicht auch die Gelassenheit.

Schwarze, düstere Gedichte sind mir auf meiner Suche in rauen Mengen begegnet. Insbesondere meine zeitgenössischen Lyrikerkolleginnen und -kollegen, die ich um Beiträge gebeten hatte, deckten mich regelrecht ein mit depressiv gestimmten

Texten, denen größtenteils der Humor, Witz, die Ironie, eben jener Zug ins Komische fehlte, der meines Erachtens gerade das Salz in der Suppe des *schwarzen Humors* ausmacht.
Woher rührt, so fragte ich mich manchmal schier verzweifelnd, der Hang unserer Lyriker zum ganz und gar Düsteren? Welch finstere Blicke schleudern mir diese schwarz betuchten Poeten von den Schutzumschlägen ihrer Gedichtbände entgegen, mit welcher Leichenbittermiene starren sie mich an? Haben diese ›Priester der Moderne‹ die Kunst, über sich selbst zu lachen, verlernt, weil es in unserer Spaßgesellschaft für sie nichts mehr zum Lachen gibt? Nehmen sie sich selbst so ernst, weil sie sonst niemand mehr ernst nimmt?
Nein, nein, liebe Kolleginnen und Kollegen, ich lasse mich von euch nicht täuschen! Ich weiß, dass ihr es könnt, denn ich habe die meisten von euch schon einmal beim Lachen erwischt. Hartnäckig verfolgte ich eure heimlichen Neigungen zur Komik und konnte schließlich doch noch eine stattliche Zahl von Gedichten ausfindig machen, die uns bisweilen – bei allem Gruseln und Grauen – auch ein herzerfrischendes Lachen gönnen.

Diese Sammlung mit »rabenschwarzen Gedichten« widme ich meinem tödlich verunglückten Kollegen Heiner Link, mit dem ich so manche lyrische oder prosaische Heiterkeit teilte. Heiner war sozusagen ein Pionier bei der Sammlung lustiger und grotesker Gedichte. Bereits im Jahr 2001 legte er bei Reclam Leipzig die Anthologie *eine laus im uhrgehäuse* vor. Damals stand er mit seinem Buch allein auf weiter Flur. Heute wäre er umgeben von dicken Wälzern voll komischer Lyrik der deutschen Dichter. Die sind, so scheint es, nämlich wirklich viel humorvoller als ihr Ruf. Und viel, viel lustiger als es diverse Schwarz-Weiß-Porträts vermuten lassen …

Weßling, im Januar 2004 *Anton G. Leitner*

Quellen- und Rechtenachweis

H. C. ARTMANN (eigentlich Hans Carl Artmann), geboren 1921 in Wien, gestorben 2000 ebenda. ›es war einmal ein mann‹ (S. 25 f.) aus: »Sämtliche Gedichte«, herausgegeben von Klaus Reichert unter Mitwirkung und in der Anordnung des Autors. Verlag Jung und Jung, Salzburg/Wien 2003. Mit freundlicher Genehmigung von Rosa Artmann, Wien.

GOTTFRIED BENN, geboren 1886 in Mansfeld/Westpriegnitz, gestorben 1956 in Berlin. ›Kreislauf‹ (aus ›Morgue‹) (S. 27) aus: »Sämtliche Gedichte«. Stuttgart 1998. © 1998 J. G. Cotta'sche Buchhandlung Nachfolger GmbH, Stuttgart.

F. W. BERNSTEIN (Pseudonym für Fritz Weigle), geboren 1938 in Göppingen, lebt in Berlin. ›Apokalypsen-Programm‹ (S. 72) aus: »Die Gedichte«. München 2003. © 2003 Verlag Antje Kunstmann GmbH, München.

WOLF BIERMANN, geboren 1936 in Hamburg, lebt dort. ›Oh, Hein, Oh, Hein‹ (S. 35) aus: »Alle Lieder«. Köln 1991. © 1991 by Verlag Kiepenheuer & Witsch, Köln.

BERTOLT BRECHT, geboren 1898 in Augsburg, gestorben 1956 in Ostberlin. ›Anna hält bei Paule Leichenwache‹ (S. 54 f.) und ›Hier ist Öl! Öl ist hier!‹ (S. 78 f.) aus: »Die Gedichte von Bertolt Brecht in einem Band«. Frankfurt a. M. 1981. © 1981 Suhrkamp Verlag, Frankfurt a. M.

ALFRED BRENDEL, geboren 1931 in Wiesenberg (Nordmähren), lebt in London. ›Daß es Teufel‹ (S. 91) aus: »Spiegelbild und schwarzer Spuk. Gesammelte und neue Gedichte. Mit Abbildungen von Max Neumann, Luis Murschetz, Oskar Pastior und anderen.« München / Wien 2003. © 2003 Carl Hanser Verlag, München–Wien.

WILHELM BUSCH, geboren 1832 in Wiedensahl bei Hannover, gestorben 1908 in Mechtshausen bei Seesen (Harz). ›Es sitzt ein Vogel auf dem Leim‹ (S. 115) aus: »Zwiefach sind die Phantasien. Erzählungen, Gedichte, Autobiographien. Mit 28 Zeichnungen des Autors«. Verlag Philipp Reclam jun. Leipzig, 1988.

ADA CHRISTEN (Pseudonym für Christiane von Breden), geboren 1839 in Wien, gestorben 1901 auf ihrem Gut »Einsamhof« bei Inzersdorf (in der Nähe von Wien). ›Biedere Hausfrauen‹ (S. 45) aus: »Das Haus zur Blauen Gans. Erzählungen und Gedichte«. Union Verlag, Berlin, 1964.

ALEX DREPPEC (Pseudonym für Alexander Deppert), geboren 1968 in Jugenheim/Kreis Bergstraße, lebt in Darmstadt. ›Robespierres Rübe‹ (S. 74 f.) aus: »Die Doppelmoral des Devoten Despoten. Ein Slam-Poetry-Alphabet«. Düsseldorf 2003. © 2003 Verlag Eremiten-Presse, Düsseldorf.

CHRISTOPHER ECKER, geboren 1967 in Saarbrücken, lebt in Kiel. ›fünf freunde‹ (S. 51). Mit freundlicher Genehmigung von Christopher Ecker, Kiel.

THEODOR FONTANE, geboren 1819 in Neuruppin, gestorben 1898 in Berlin. ›Was kann ein jung Mädel, was soll ein jung Mädel?‹ (S. 43 f.) aus: »Sämtliche Werke. Band 20: Balladen und Gedichte«, herausgegeben von Edgar Groß und Kurt Schreinert. Nymphenburger Verlagsbuchhandlung, München, 1962.

FRANZOBEL (Pseudonym für Stefan Griebl), geboren 1967 in Vöcklabruck (Oberösterreich), lebt in Wien. ›Jesus‹ (S. 87). Mit freundlicher Genehmigung von Stefan Griebl, Wien.

EMANUEL GEIBEL, geboren 1815 in Lübeck, gestorben 1884 ebenda. ›Krokodilromanze‹ (S. 103) aus: Klaus Peter Dencker (Hrsg.): »Deutsche Unsinnspoesie«. Philipp Reclam jun., Stuttgart, 1978.

ROBERT GERNHARDT, geboren 1937 in Reval (Estland), lebt in Frankfurt a. M. ›Materialien zu einer Kritik der bekanntesten Gedichtform italienischen Ursprungs‹ (S. 128) aus: »Gedichte 1954–1997« (Vermehrte Neuausgabe 1999). Zürich 1999. © Robert Gernhardt 1999. Alle Rechte vorbehalten S. Fischer Verlag GmbH, Frankfurt a. M.

JOHANN WOLFGANG GOETHE, geboren 1749 in Frankfurt a. M., gestorben 1832 in Weimar. ›Ein Reicher, dem gemeinen Wesen zur Nachricht‹ (S. 80) und ›Rezensent‹ (S. 129) aus: »Goethe. Poetische Werke. Band 1 und 2: Gedichte und Singspiele«. Aufbau-Verlag, Berlin/Weimar, 1973.

JOHANN GROB (Pseudonym Reinhold von Freienthal), geboren um 1643 in Enzenschwyl (Schweiz), gestorben um 1697 in Herisau (Schweiz). ›Auf einen Hochzeiter.‹ (S. 41) aus: »Dichterische Versuchgabe Bestehend Jn Teutschen und Lateinischen Aufschriften / Wie auch etlichen Stimmgedichten oder Liederen«. Johann Brandmüller, Basel, 1678.

DURS GRÜNBEIN, geboren 1962 in Dresden, lebt in Berlin. ›Berlin. Ein Toter saß an dreizehn Wochen‹ (S. 22) und ›In einem Anfall jäher Eifersucht, erlöst vom Lebenswillen‹ (S. 52 f.) aus: »Den Teuren Toten. 33 Epitaphe«. Frankfurt a. M. 1994. © 1994 Suhrkamp Verlag, Frankfurt a. M.

HEINRICH HEINE, geboren 1797 in Düsseldorf, gestorben 1856 in Paris. ›Ein Weib‹ (S. 36) und ›Unstern‹ (S. 61) aus: »Gedichte«. Aufbau-Verlag, Berlin / Weimar, 1962.

ECKHARD HENSCHEID, geboren 1941 in Amberg, lebt in Amberg, Frankfurt a. M. und in Arosa (Schweiz). ›Charlottens Brief‹ (S. 125 f.) aus: »An krummen Wegen. Gedichte und Anverwandtes«. Zürich 1994. Mit freundlicher Genehmigung von Eckhard Henscheid, Amberg.

FRANZ HODJAK, geboren 1944 in Hermannstadt (Rumänien), lebt in Usingen. ›Die Verschiebung der Chinesischen Mauer‹ (S. 67 f.) aus: »Ankunft Konjunktiv. Gedichte«. Frankfurt a. M. 1997. © 1997 Suhrkamp Verlag, Frankfurt a. M.

LUDWIG CHRISTOPH HEINRICH HÖLTY, geboren 1748 in Mariensee bei Hannover, gestorben 1776 in Hannover. ›Petrarchische Bettlerode‹ (S. 59 f.) aus: »Werke und Briefe«, herausgegeben von Uwe Berger. Aufbau-Verlag, Berlin / Weimar, 1966.

HEINRICH HOFFMANN, geboren 1809 in Frankfurt a. M., gestorben 1894 ebenda. ›Die Geschichte vom Daumen-Lutscher.‹ (S. 17 f.) und ›Die Geschichte vom Suppen-Kaspar.‹ (S. 109 f.) aus: »Der Struwwelpeter oder lustige Geschichten und drollige Bilder« (Reprint nach den ersten Ausgaben). Insel Verlag, Frankfurt a. M. und Leipzig, 1934 (1. Aufl.).

CHRISTIAN HOFFMANN VON HOFFMANNSWALDAU, geboren 1616 in Breslau, gestorben 1679 ebenda. ›Poetische Grabschrift einer Fliegen.‹ (S. 112) und ›Poetische Grabschrift eines Lasterhafftigen.‹ (S. 30) aus: »Deutsche Vbersetzungen Und Getichte«. Esaias Fellgibel Buchhändl., Breßlau, 1679.

ERNST JANDL, geboren 1925 in Wien, gestorben 2000 ebenda. ›camping‹ (S. 20) aus: »poetische werke 5: dingfest. verstreute gedichte 4«, herausgegeben von Klaus Siblewski. München 1997. © 1997 by Luchterhand Literaturverlag, München, 1997, einem Unternehmen der Verlagsgruppe Random House GmbH.

ERICH KÄSTNER, geboren 1899 in Dresden, gestorben 1974 in München. ›Die Welt ist rund‹ (S. 70 f.) aus: »Seelisch verwendbar. 66 Gedichte, 16 Epigramme und 1 Prosaische Zwischenbemerkung«, ausgewählt von Theofila

Reich-Ranicki. Carl Hanser Verlag, München und Wien, 1998. © Atrium Verlag AG, Zürich und Thomas Kästner.

MASCHA KALÉKO, geboren 1907 in Schidlow (Polen), gestorben 1975 in Zürich. ›Rat für Mädchen‹ (S. 42) aus: »In meinen Träumen läutet es Sturm. Gedichte und Epigramme aus dem Nachlaß«, herausgegeben von Gisela Zoch-Westphal. München 1977. © 1977 Deutscher Taschenbuch Verlag, München.

HARTMUT KASPER, geboren 1959 in Wanne-Eickel, lebt in Gelsenkirchen. ›Dass man stürbe: haha!‹ (S. 31 f.). Mit freundlicher Genehmigung von Hartmut Kasper, Gelsenkirchen.

GOTTFRIED KELLER, geboren 1819 in Zürich, gestorben 1890 ebenda. ›Ehescheidung (Amerikanisch)‹ (S. 49f.) aus: »Sämtliche Werke. Band II: Gedichte«. Aufbau-Verlag, Berlin/Weimar, 1958.

KLABUND (Pseudonym für Alfred Henschke), geboren 1890 in Crossen/Oder, gestorben 1928 in Davos. ›Die englischen Fräuleins‹ (S. 88) aus: Elisabeth Pablé (Hrsg.): »Blutrote Laterne tiefschwarzer Humor. Ungeschminkte Liebeslieder von Bierbaum bis Biermann«. Residenz Verlag, Salzburg, 1969. ›Epitaph als Epilog‹ (S. 124) aus:

Klaus Peter Dencker (Hrsg.): »Deutsche Unsinnspoesie«. Philipp Reclam jun., Stuttgart, 1978. ›Grabschrift für eine Jungfrau‹ (S. 40) aus: »Gesammelte Gedichte. Lyrik. Balladen. Chansons«. Phaidon-Verlag, Wien, 1930. ›Hier ruht die Wittib Monika Tupfer‹ (S. 95) aus: Peter Köhler (Hrsg.): »Poetische Scherzartikel«. Philipp Reclam jun., Stuttgart, 1991.

ARMIN KRATZERT, geboren 1957 in Augsburg, lebt in München. ›aus dem logbuch der u. s. s. sputnik, porto alegre, 27. 08. 2003, 13.04 h‹ (S. 99 ff.). Mit freundlicher Genehmigung von Armin Kratzert, München.

HELMUT KRAUSSER, geboren 1964 in Esslingen, lebt in Gilching bei München und in Berlin. ›Marie Jeanette Kelly‹ (S. 28 f.) aus: »Strom. Neunundneunzig neue Gedichte ('99–'03)«. © 2003 by Rowohlt Verlag GmbH, Reinbek bei Hamburg.

ANTON G. LEITNER, geboren 1961 in München, lebt in Weßling (Landkreis Starnberg). ›Wieder Hallo, das Kind‹ (S. 19) aus: »Das Meer tropft aus dem Hahn« (CD-Booklet). beefree records / DAS GEDICHT *audio*. Weßling 2003. Mit freundlicher Genehmigung von Anton G. Leitner, Weßling.

ALFRED LICHTENSTEIN, geboren 1889 in Berlin, gestorben 1914 in Vermandevillers. ›Erotisches Variété‹ (S. 81) aus: »Fünfzig erotische Gedichte«, herausgegeben von Harry Fröhlich. Philipp Reclam jun., Stuttgart, 2000.

EDUARD MÖRIKE, geboren 1804 in Ludwigsburg, gestorben 1875 in Stuttgart. ›Alles mit Maß‹ (S. 104 f.) und ›Restauration nach Durchlesung eines Manuskripts mit Gedichten‹ (S. 127) aus: »Mörikes Werke. In einem Band«, herausgegeben von den Nationalen Forschungs- und Gedenkstätten der klassischen deutschen Literatur in Weimar. Aufbau-Verlag, Berlin/Weimar, 1969.

CHRISTIAN MORGENSTERN, geboren 1871 in München, gestorben 1914 in Meran. ›Auf dem Fliegenplaneten‹ (S. 113) aus: »Alle Galgenlieder«. Philipp Reclam jun., Stuttgart, 1989.

JOHANN MICHAEL MOSCHEROSCH, geboren 1601 in Willstädt/Kehl, gestorben 1669 in Worms. ›Hörnermultiplikation‹ (S. 47 f.) aus: Herbert Heckmann (Hrsg.): »80 Barock-Gedichte«. Verlag Klaus Wagenbach, Berlin, 1976.

FRIEDRICH NIETZSCHE, geboren 1844 in Röcken bei Lützen, gestorben 1900 in Weimar. ›Der unfreiwillige Verführer‹ (S. 123) aus: »Gedichte«, herausgegeben von Jost Hermand. (UB 7117) Philipp Reclam jun., Stuttgart, 1999.

ANDREAS OKOPENKO, geboren 1930 in Kaschau (Ostslowakei), lebt in Wien. ›Volkstümliches Liebeslied‹ (S. 106 ff.) aus: »Warum sind die Latrinen so traurig? Spleengesänge«. © Deuticke Verlag, Wien.

MARTIN OPITZ, geboren 1597 in Bunzlau, gestorben 1639 in Danzig. ›Grabinschrift eines Kochs‹ (S. 111) aus: Herbert Heckmann (Hrsg.): »80 Barock-Gedichte«. Verlag Klaus Wagenbach, Berlin, 1976.

ALBERT OSTERMAIER, geboren 1967 in München, lebt dort. ›ratschlag für einen jungen dichter‹ (S. 122) aus: »Herz Vers Sagen. Gedichte«. Frankfurt a. M. 1995. © 1995 Suhrkamp Verlag, Frankfurt a. M.

FRANZ VON POCCI, geboren 1807 in München, gestorben 1876 ebenda. ›Chor der Menschenfresser‹ (S. 102) aus: »Kasperls Heldentaten. Neunzehn Puppenkomödien und Kasperliaden«. Carl Hanser Verlag, München, 1984 (aus dem 1854 gedruckten Stück »Kasperl bei den Menschenfressern«). Zitiert nach: Peter Köhler (Hrsg.): »Poetische Scherzartikel«. Philipp Reclam jun., Stuttgart, 1991.

GEORG QUERI, geboren 1879 in Frieding (bei Andechs), gestorben 1919 in München. ›Zahnweh‹ (S. 23 f.) aus: »Weltliche Gesänge des Egidius Pfanzelter. Bayrische Geschichten, Grobheiten und Lieder«. R. Piper & Co. Verlag, München, 1968.

ARNE RAUTENBERG, geboren 1967 in Kiel, lebt dort. ›kommt ein mann‹ (S. 56). Mit freundlicher Genehmigung von Arne Rautenberg, Kiel.

CHRISTA REINIG, geboren 1926 in Berlin, lebt in München. ›Für ein am Straßenrand überfahrenes Fräulein (Schwabinger Marterln, Nr. 1)‹ (S. 85), ›Für einen Gammler (Schwabinger Marterln, Nr. 4)‹ (S. 86) und ›Für einen verlorenen Dichter (Schwabinger Marterln, Nr. 13)‹ (S. 120) aus: »Schwabinger Marterln«. Düsseldorf 1968. © 1968 Eremiten-Presse, Düsseldorf.

JOACHIM RINGELNATZ (Pseudonym für Hans Bötticher), geboren 1883 in Wurzen bei Leipzig, gestorben 1934 in Berlin. ›Der Komiker‹ (S. 9) aus: »Das Gesamtwerk in sieben Bänden«. Zürich 1994. © 1994 Diogenes Verlag AG, Zürich.

FRIEDRICH RÜCKERT, geboren 1788 in Schweinfurt, gestorben 1866 in Neuses bei Coburg. ›Der lange Schlaf‹

(S. 121) aus: »Gedichte«. Philipp Reclam jun., Stuttgart, 1963.

GERHARD RÜHM, geboren 1930 in Wien, lebt in Köln. ›die brave hausfrau‹ (S. 46) aus: »Gesammelte Gedichte und visuelle Texte«. Reinbek bei Hamburg 1970. Mit freundlicher Genehmigung von Gerhard Rühm, Köln.

PETER RÜHMKORF, geboren 1929 in Dortmund, lebt in Hamburg. ›Nekropolis‹ (S. 131 ff.) aus: »Gedichte. Werke 1«, herausgegeben von Bernd Rauschenbach. Reinbek bei Hamburg 2000. © 2000 by Rowohlt Verlag GmbH, Reinbek bei Hamburg.

SAID, geboren 1947 in Teheran (Iran), lebt in München. ›alternde engel werden in einem glashaus untergebracht‹ (S. 89 f.). Mit freundlicher Genehmigung von Said, München.

PAUL SCHEERBART, geboren 1863 in Danzig, gestorben 1915 in Berlin. ›Donnerkarl, der Schreckliche. Ein Heldengedicht‹ (S. 73) aus: »Katerpoesie«. Ernst Rowohlt Verlag, Berlin, o. J. (2.–4. Aufl. 1920).

FRIEDRICH SCHILLER, geboren 1759 in Marbach, gestorben 1805 in Weimar. ›Rezension‹ (S. 130) aus: »Die

Gedichte«, herausgegeben von Jochen Golz. Insel Verlag, Frankfurt a. M. und Leipzig, 1999.

FERDINAND SCHOLZ (Pseudonym für Achim Raven), geboren 1952 in Düsseldorf, lebt dort. ›Selig‹ (S. 63). Mit freundlicher Genehmigung von Achim Raven, Düsseldorf.

CHRISTIAN FRIEDRICH DANIEL SCHUBART, geboren 1739 in Obersontheim, gestorben 1791 in Stuttgart. ›Schneiderlied‹ (S. 15 f.) aus: »Gedichte. Aus der Deutschen Chronik«, herausgegeben von Ulrich Karthaus. Philipp Reclam jun., Stuttgart, 1978.

KURT SCHWITTERS, geboren 1887 in Hannover, gestorben 1948 in Ambleside (Westmoreland, UK). ›Kleines Gedicht für große Stotterer‹ (S. 98) aus: »Das literarische Werk. Band 1: Lyrik«, herausgegeben von Friedhelm Lach. Köln 1998. © 1973, 1998 DuMont Literatur und Kunst Verlag, Köln (Nachdr. der geb. Ausgabe).

THEODOR STORM, geboren 1817 in Husum, gestorben 1888 in Hademarschen. ›Für einen Ungeliebten‹ (S. 62) aus: »Sämtliche Werke in vier Bänden. Band 1: Gedichte, Märchen und Spukgeschichten, Novellen«, herausgegeben von Peter Goldhammer. Aufbau Verlag, Berlin/Weimar, 1978.

TIGER WILLI (Pseudonym für Wilhelm Raabe), geboren 1947 in München, lebt in Steinebach/Wörthsee (Landkreis Starnberg). ›Die Erbschaft‹ (S. 21). Mit freundlicher Genehmigung von Wilhelm Raabe, Steinbach.

GABRIELE TRINCKLER, geboren 1966 in Berlin, lebt in München. ›Entropie am Knie‹ (S. 69). Mit freundlicher Genehmigung von Gabriele Trinckler, München.

KURT TUCHOLSKY, geboren 1890 in Berlin, gestorben 1935 in Hindas bei Göteborg. ›Fröhliche Ostern!‹ (S. 76) aus: »Gedichte«, herausgegeben von Mary Gerold-Tucholsky. Reinbek bei Hamburg 1983. © 1983 by Rowohlt Verlag GmbH, Reinbek bei Hamburg.

UNBEKANNTER VERFASSER, 17. Jahrhundert. ›Grabschrift eines Dachshundes‹ (S. 114) aus: »Herrn von Hoffmannswaldau und andrer Deutschen auserlesener und bisher ungedruckter Gedichte. Vier Teile, Leipzig 1695–1704«. Zitiert nach Herbert Heckmann (Hrsg.): »80 Barock-Gedichte«. Verlag Klaus Wagenbach, Berlin, 1976.

UNBEKANNTER VERFASSER, um 1840. ›Niedliches Mordchengeschichtchen (Ein Romänchen à la Nippfigürchen)‹ (S. 12 ff.) aus: Klaus Peter Dencker (Hrsg.):

»Deutsche Unsinnspoesie«. Philipp Reclam jun., Stuttgart, 1978.

KARL VALENTIN (Pseudonym für Valentin Ludwig Fey), geboren 1882 in der Au (München), gestorben 1948 in Planegg bei München. ›Es war einmal ein junger Mann‹ (S. 82 ff.) aus: »Gesammelte Werke in einem Band«, herausgegeben von Michael Schulte. Zweitausendeins, Frankfurt a. M., o. J. © 1985 R. Piper GmbH & Co. KG, München.

ACHIM WAGNER, geboren 1967 in Coburg, lebt in Köln. ›picasso portrait‹ (S. 57 f.). Mit freundliche Genehmigung von Achim Wagner, Köln.

FRIEDRICH WILHELM WAGNER, geboren 1892 in Hennweiler bei Kirn / Nahe, gestorben 1931 in Schömberg (Lungensanatorium). ›Im Café‹ (S. 97) aus: »Jungfraun platzen männertoll. Ausgewählte Gedichte«, herausgegeben von Wilfried Ihrig unter Mitarbeit von Ulrich Janetzki. edition text + kritik, München, 1989.

FRANK WEDEKIND (eigentlich Benjamin Franklin Wedekind), geboren 1864 in Hannover, gestorben 1918 in München. ›Brigitte B.‹ (S. 37 ff.) und ›Der Tantenmörder‹ (S. 10) aus: »Werke in drei Bänden. Band 2: Dramen 2, Gedichte«. Aufbau Verlag, Berlin/Weimar, 1969.

GEORG WEERTH, geboren 1822 in Detmold, gestorben 1856 in Havanna. ›Das Hungerlied‹ (S. 96) aus: »Morgenruf. Vormärzlyrik 1840–1850«, herausgegeben von Werner Feudel. Verlag Philipp Reclam jun. Leipzig, 1974.

WEINRICH WEINE (Pseudonym für Jürgen Preuss), geboren 1942 in Düsseldorf, lebt in Ratingen. ›Grabspruch des Weihnachtsmanns‹ (S. 77) aus: »Von unten her betrachtet. Grabsprüche«. Verlag Landpresse, Weilerswist, 2000 (2. Aufl., 2003). Mit freundlicher Genehmigung von Jürgen Preuss, Ratingen.

CHRISTIANA MARIANA VON ZIEGLER, geboren 1695 in Leipzig, gestorben 1760 in Frankfurt an der Oder. ›Grabschrifft eines Leyermanns.‹ (S. 119) aus: »Versuch in gebundener Schreib-Art«. Johann Friedrich Brauns Erben, Leipzig, 1728. Zitiert nach: »Deutsche Literatur von Frauen. Von Catharina von Greiffenberg bis Franziska von Reventlow«, Digitale Bibliothek 45. Directmedia, Berlin, 2001.

Zum Herausgeber

Anton G. Leitner, geboren 1961 in München, ist Verlagsleiter, Lyriker, Publizist und seit 1992 Herausgeber der von ihm begründeten Zeitschrift *DAS GEDICHT*. Leitner veröffentlichte mehrere Gedichtbände, u. a. *Das Meer tropft aus dem Hahn. Fließ, Blätter*, 2002/CD 2003 und *Der digitale Hai ist high. Gesänge*, 2004 sowie die Erzählung *Still Leben ohne Dichter*, 1997, und das Kinderbuch *Napoleons erster Fall*, 2. Aufl. 2004. Er betreute außerdem als Herausgeber ein Dutzend Anthologien. Im Reclam Verlag Leipzig erschien seine Sammlung *Ein Poet will Dein sein. Liedylyrik*, 2004. Für seine literarische Arbeit erhielt Leitner zahlreiche Preise und Auszeichnungen.

Inhalt

MORD UND TOTSCHLAG

LIEBE UND ANDERE GRAUSAMKEITEN

GOTT UND DIE WELTKRIEGER

FRESSEN UND GEFRESSEN WERDEN

DICHTER UND HENKER

Mein besonderer Dank gilt Karin Fellner und Gabriele Trinckler.

Der Titel ›Es sitzt ein Vogel auf dem Leim‹ stammt aus einem Gedicht von Wilhelm Busch.
Die Rechtschreibung folgt dem Wunsch der einzelnen Autorinnen und Autoren bzw. Original-Vorlagen.

Besuchen Sie uns im Internet:
www.reclam.de

1. Auflage, 2004
Umschlaggestaltung: Gabriele Burde
Gesetzt aus Rotis serif
Satz: Reclam Verlag Leipzig
Druck und Bindung: Oldenbourg Taschenbuch
ISBN 3-379-00824-9